COLLECTION POÉSIE

JEAN RACINE

Cantiques spirituels

Hymnes du Bréviaire romain

Le Paysage
ou
Promenade
de Port-Royal-des-Champs

Trois épigrammes

Édition présentée
par Jean-Pierre Lemaire

nrf

GALLIMARD

PRÉFACE

La voix de Racine ! N'avons-nous pas rêvé parfois de l'entendre derrière le masque de Néron, d'Iphigénie ou de Phèdre ? Or, cette voix, qui ne nous parvenait plus guère que mêlée à la musique de Fauré[1]*, a été enregistrée, et le « phonographe » qui nous la restitue aujourd'hui, ce sont ses poèmes.*

Mais qu'est-ce que la voix d'un poète ? Non pas d'abord telle habitude prosodique, telle cadence ou rime favorite, mais une attitude spirituelle fondamentale qui commande aux variations, même les plus légères, du timbre, aux inflexions de la mélodie, à la distribution du souffle, à chaque geste du poème. Chez Racine, cette attitude s'est formée à Port-Royal. L'expérience du monde, qui l'avait d'abord éloigné de ses premiers maîtres, puis ramené vers eux, a pour l'essentiel confirmé le pli spirituel pris dans sa jeunesse.

L'empreinte reçue à Port-Royal-des-Champs ne fut pas seulement intellectuelle ; la sagesse inscrite dans son paysage a d'abord touché les yeux de Racine avant d'atteindre, par maint détour, le cœur :

1. L'œuvre de Fauré s'intitule *Cantique de Jean Racine* (1865). Il s'agit de l'une des *Hymnes traduites du Bréviaire romain*, celle du Mardi à Matines.

L'œil du monde voit à regret
Qu'il ne peut percer le secret
De ces lieux pleins de charmes.

Dans cette Promenade de Port-Royal, *la voix du poète adolescent n'avait pas encore mué : les médaillons qui détaillent les scènes du paysage pastoral peuvent rappeler ceux de telle ode de Théophile de Viau ; nous sommes quelque part entre Ronsard (auquel fait songer une rime comme* verdoyants/ondoyants*) et La Fontaine (celui du* Songe de Vaux*). Mais un souffle frais passe dans ces vers où nous rencontrons à chaque pas tilleuls et biches, fougères et papillons, l'air du dehors avant l'atmosphère étouffante des palais tragiques. Racine s'y montre aussi d'emblée sensible au silence (*Saintes demeures du silence*) qui deviendra peu à peu intérieur au vers. L'épilogue émouvant de la promenade, on le trouvera dans la dernière épigramme reproduite ici,* Sur le Port-Royal :

De ce séjour si beau
Tu ne vois à présent que le triste tombeau,
Depuis que la Vertu, qui régnait dans ce temple,
Succombe sous l'effort et sous la dureté
De ceux qui ne pouvant la prendre pour exemple
L'immolent à leur lâcheté.

La pompe *de jadis est devenue la noblesse austère des persécutés ; la tragédie est entrée dans le paysage.*

*Racine, on l'a souvent dit, n'avait guère de goût pour les querelles théologiques autour du problème de la grâce, quoiqu'il en retrace fidèlement les épisodes dans l'*Abrégé de l'histoire de Port-Royal. *On releva néanmoins dans ses* Hymnes traduites du Bréviaire romain, *composées au temps de sa jeunesse à Port-Royal mais revues et mûries pour la publication en 1688, des formules suspectes de jansénisme (*grâce invincible*) ; le* Bréviaire *de Le Tourneux, où les traductions de Racine figuraient à côté de celles d'autres auteurs, fut immédiatement condamné. Mais ce n'est pas en formules que s'exprime la foi d'un poète. Cherchons-la plutôt dans l'étonnant clair-obscur des tableaux peignant l'offrande de l'âme à son Dieu aux différentes heures du jour. Voici l'hymne du Vendredi à Laudes :*

L'astre avant-coureur de l'aurore
Du soleil qui s'approche annonce le retour ;
Sous le pâle horizon l'ombre se décolore :
Lève-toi dans nos cœurs, chaste et bienheureux jour.

*La gamme chromatique des sonorités (hori*zon, om*bre, déco*lore, cœur, *j*our*) suggère que l'homme n'est pas d'emblée installé dans la pleine lumière, qui n'appartient qu'à Dieu. Son attitude caractéristique est celle du réveil (moment qu'on retrouve au début des tragédies) où il tend les mains, implorant le secours divin pour sortir des ténèbres, comptant sur la grâce toujours renouvelée de son Créateur et Sauveur pour échapper aux* dangereux ennemis par la nuit enfantés. *La nuit cosmique s'est épaissie d'une nuit humaine dont Racine connaît le poids. La répétition des Heures est réitération de l'appel, insis-*

tance de l'âme inquiète, plongée dans l'instabilité des temps et tendue vers la source d'une lumière sans déclin, le Dieu de la paix,

Astre dont le soleil n'est que l'ombre grossière.

La souplesse de la strophe racinienne, qui fait alterner octosyllabes, décasyllabes et alexandrins à la césure à peine marquée (au contraire de la métrique nettement découpée, pleine d'assurance, des vers de Corneille, qui avait traduit les mêmes hymnes en 1670), semble ici épouser le geste de l'âme mendiante : c'est, dans le registre noble du classicisme, une poésie humble, la prière du Publicain de l'Évangile, s'appuyant sur les seules bontés *de Dieu. À travers le déroulement de ces chants à la langue simple, aux vocables ordinaires et généraux, nous sont rendues sensibles les modulations quasi silencieuses de l'âme. On pourrait appeler les hymnes de Racine, en se souvenant de Verlaine dont les élans et les retombées ne sont pas si loin, des cantilènes sans paroles.*

Les Cantiques spirituels, *quant à eux, ont été nommés « le chant du cygne » ; ils datent de 1694. La paraphrase y est encore plus libre que dans les* Hymnes *; la sagesse biblique et l'expérience personnelle y parlent d'une même voix, avec une transparente autorité. On devine dans cette évidence de la langue, dans cette respiration affranchie au sein d'un mètre généralement court (heptasyllabes et octosyllabes), les illusions et les intérêts qui furent dépassés au cours d'une longue carrière. La charité y est opposée aux autres mérites, le bonheur des justes au vertige de l'ambition, le* charme vainqueur du monde *aux* vaines occupations des gens du siècle, *comme ce qui demeure à ce qui disparaît. Le poète cependant ne triomphe jamais. Les* Cantiques *finissent plutôt « sur le mode mineur » (encore Verlaine). Seule la grâce, une nouvelle fois, pourra mettre fin à la* guerre cruelle *des deux hommes que Racine, après saint Paul, trouve en lui : le fidèle et le rebelle. Le poète a su donner à sa plainte, dans ce troisième cantique, un tel accent de conviction que Louis XIV, quand il l'entendit chanter*[1]*, aurait confié à Mme de Maintenon : « Madame, voilà deux hommes que je connais bien. »*

Cet exemple éclaire singulièrement la notion de paraphrase. Ce qui était à l'époque un genre littéraire (pratiqué par Marot, Malherbe et bien d'autres, jusqu'à Patrice de la Tour du Pin) est devenu pour nous synonyme d'amplification verbeuse. Mais quand Marot, Racine, paraphrasent un psaume ou un passage d'Isaïe, ils ne nous en livrent pas une traduction approximative dont le défaut de fidélité serait compensé par les vertus, aujourd'hui désuètes, de l'ornement. La traduction, pour être poésie, doit nourrir de la vie du poète des paroles qui, enfermées dans la traduction littérale comme dans une gangue, resteraient inassimilables, extérieures à l'être intime du lecteur. La tâche du poète est de les lui rendre sensibles et même délectables. Racine invente ainsi, pour nous donner une image du mystère trinitaire et « traduire », autant que faire se peut, les relations de l'Esprit

1. Les *Cantiques spirituels* furent écrits pour être chantés sur une musique de Moreau, l'auteur des chœurs d'*Esther* et d'*Athalie*. C'est finalement Delalande, le surintendant de la musique du roi, qui composa la musique du deuxième cantique.

Le mot de Louis XIV à Mme de Maintenon est rapporté dans les *Mémoires* de Louis Racine.

avec le Père et le Fils, cette admirable expression : « Esprit, leur nœud divin », là où l'original latin ne mentionnait que son titre traditionnel de « Paraclet ». Lorsqu'il évoque la rencontre où Dieu nous attendra dans l'éternité, se rappelant le mot de saint Paul : « alors je connaîtrai comme je suis connu[1] *», il écrit :*

Et ce Soleil inaccessible,
Comme à ses yeux je suis visible,
Se rendra visible à mes yeux.

On devine ce qu'une telle transposition doit à la poétique racinienne du regard, dont le Néron de Britannicus *nous présentait le côté nocturne et maléfique ; son envers est ici une réciprocité heureuse. Ce genre de paraphrase a toujours deux sources : l'une, officielle, est dans l'Écriture sainte ; l'autre, secrète aux temps classiques où l'écrivain ne mettait pas son moi en avant, dans l'expérience intérieure. L'allongement que le vers impose ordinairement à la traduction est l'occasion pour le poète d'y faire entrer le mouvement, la couleur discrète, la saveur de cette expérience. C'est alors bien sa voix que nous reconnaissons entre les mots de l'Écriture et, portées par elle, nos propres années de pèlerinage.*

Jean-Pierre Lemaire

1. 1re épître aux Corinthiens, 13, 12.

Cantiques spirituels

CANTIQUE PREMIER

À LA LOUANGE DE LA CHARITÉ

(Tiré de saint Paul : I Corinth.*, chap. 13)*

Les méchants m'ont vanté leurs mensonges frivoles ;
Mais je n'aime que les paroles
De l'éternelle Vérité.
Plein du feu divin qui m'inspire,
Je consacre aujourd'hui ma lyre
À la céleste Charité.

En vain je parlerais le langage des anges ;
En vain, mon Dieu, de tes louanges
Je remplirais tout l'univers :
Sans amour, ma gloire n'égale
Que la gloire de la cymbale
Qui d'un vain bruit frappe les airs.

Que sert à mon esprit de percer les abîmes
Des mystères les plus sublimes,
Et de lire dans l'avenir ?
Sans amour, ma science est vaine
Comme le songe dont à peine
Il reste un léger souvenir.

Que me sert que ma foi transporte les montagnes,
Que dans les arides campagnes
Les torrents naissent sous mes pas,
Ou que ranimant la poussière,
Elle rende aux morts la lumière,
Si l'amour ne l'anime pas ?

Oui, mon Dieu, quand mes mains de tout mon héritage
Aux pauvres feraient le partage ;
Quand même pour le nom chrétien,
Bravant les croix les plus infâmes,
Je livrerais mon corps aux flammes,
Si je n'aime, je ne suis rien.

Que je vois de Vertus qui brillent sur ta trace,
Charité, fille de la Grâce !
Avec toi marche la Douceur,
Que suit, avec un air affable,
La Patience inséparable
De la Paix, son aimable sœur.

Tel que l'astre du jour écarte les Ténèbres,
De la Nuit compagnes funèbres,
Telle tu chasses d'un coup d'œil
L'envie aux humains si fatale,
Et toute la troupe infernale
Des Vices, enfants de l'orgueil.

Libre d'ambition, simple, et sans artifice,
Autant que tu hais l'injustice,

Autant la vérité te plaît.
Que peut la colère farouche
Sur un cœur que jamais ne touche
Le soin de son propre intérêt ?

Aux faiblesses d'autrui loin d'être inexorable,
Toujours d'un voile favorable
Tu t'efforces de les couvrir.
Quel triomphe manque à ta gloire ?
L'Amour sait tout vaincre, tout croire,
Tout espérer, et tout souffrir.

Un jour Dieu cessera d'inspirer des oracles ;
Le don des langues, les miracles,
La science aura son déclin.
L'Amour, la Charité divine,
Éternelle en son origine,
Ne connaîtra jamais de fin[1].

Nos clartés ici-bas ne sont qu'énigmes sombres ;
Mais Dieu, sans voiles et sans ombres,
Nous éclairera dans les cieux ;
Et ce Soleil inaccessible,
Comme à ses yeux je suis visible,
Se rendra visible à mes yeux.

L'Amour sur tous les dons l'emporte avec justice.
De notre céleste édifice
La Foi vive est le fondement ;
La sainte Espérance l'élève,

L'ardente Charité l'achève
Et l'assure éternellement.

Quand pourrai-je t'offrir, ô Charité suprême,
Au sein de la lumière même,
Le cantique de mes soupirs ;
Et toujours brûlant pour ta gloire,
Toujours puiser, et toujours boire
Dans la source des vrais plaisirs ?

CANTIQUE II[1]

SUR LE BONHEUR DES JUSTES ET SUR LE MALHEUR DES RÉPROUVÉS

(*Tiré de* la Sagesse, *chap. 5*)

Heureux qui, de la sagesse
Attendant tout son secours,
N'a point mis en la richesse
L'espoir de ses derniers jours !
La mort n'a rien qui l'étonne ;
Et dès que son Dieu l'ordonne,
Son âme prenant l'essor
S'élève d'un vol rapide
Vers la demeure où réside
Son véritable trésor.

De quelle douleur profonde
Seront un jour pénétrés
Ces insensés qui du monde,
Seigneur, vivent enivrés,
Quand, par une fin soudaine
Détrompés d'une ombre vaine
Qui passe et ne revient plus,
Leurs yeux du fond de l'abîme
Près de ton trône sublime
Verront briller tes élus !

« Infortunés que nous sommes,
Où s'égaraient nos esprits ?
Voilà, diront-ils, ces hommes,
Vils objets de nos mépris.
Leur sainte et pénible vie
Nous parut une folie ;
Mais aujourd'hui triomphants,
Le ciel chante leur louange
Et Dieu lui-même les range
Au nombre de ses enfants.

« Pour trouver un bien fragile
Qui nous vient d'être arraché,
Par quel chemin difficile
Hélas ! nous avons marché !
Dans une route insensée
Notre âme en vain s'est lassée,
Sans se reposer jamais,
Fermant l'œil à la lumière
Qui nous montrait la carrière
De la bienheureuse paix.

« De nos attentats injustes
Quel fruit nous est-il resté ?
Où sont les titres augustes
Dont notre orgueil s'est flatté ?
Sans amis et sans défense,
Au trône de la vengeance
Appelés en jugement,

Faibles et tristes victimes,
Nous y venons de nos crimes
Accompagnés seulement. »

Ainsi, d'une voix plaintive,
Exprimera ses remords
La pénitence tardive
Des inconsolables morts.
Ce qui faisait leurs délices,
Seigneur, fera leurs supplices ;
Et par une égale loi
Tes saints trouveront des charmes
Dans le souvenir des larmes
Qu'ils versent ici pour toi.

CANTIQUE III

PLAINTE D'UN CHRÉTIEN

sur les contrariétés qu'il éprouve
au dedans de lui-même

(Tiré de saint Paul : aux Romains, *chap. 7)*

Mon Dieu, quelle guerre cruelle !
Je trouve deux hommes en moi :
L'un veut que plein d'amour pour toi
Mon cœur te soit toujours fidèle.
L'autre à tes volontés rebelle
Me révolte contre ta loi.

L'un tout esprit, et tout céleste,
Veut qu'au ciel sans cesse attaché,
Et des biens éternels touché,
Je compte pour rien tout le reste ;
Et l'autre par son poids funeste
Me tient vers la terre penché.

Hélas ! en guerre avec moi-même,
Où pourrai-je trouver la paix ?
Je veux, et n'accomplis jamais.
Je veux, mais, ô misère extrême !
Je ne fais pas le bien que j'aime,
Et je fais le mal que je hais.

Ô grâce, ô rayon salutaire,
Viens me mettre avec moi d'accord ;
Et domptant par un doux effort
Cet homme qui t'est si contraire,
Fais ton esclave volontaire
De cet esclave de la mort.

CANTIQUE IV

SUR LES VAINES OCCUPATIONS
des gens du siècle

*(Tiré de divers endroits d'*Isaïe *et de* Jérémie*)*

Quel charme vainqueur du monde
Vers Dieu m'élève aujourd'hui ?
Malheureux l'homme qui fonde
Sur les hommes son appui !
Leur gloire fuit, et s'efface
En moins de temps que la trace
Du vaisseau qui fend les mers,
Ou de la flèche rapide
Qui loin de l'œil qui la guide
Cherche l'oiseau dans les airs.

De la Sagesse immortelle
La voix tonne, et nous instruit.
« Enfants des hommes, dit-elle,
De vos soins quel est le fruit ?
Par quelle erreur, âmes vaines,
Du plus pur sang de vos veines
Achetez-vous si souvent,
Non un pain qui vous repaisse,
Mais une ombre qui vous laisse
Plus affamés que devant ?

« Le pain que je vous propose
Sert aux Anges d'aliment :
Dieu lui-même le compose
De la fleur de son froment.
C'est ce pain si délectable
Que ne sert point à sa table
Le monde que vous suivez.
Je l'offre à qui me veut suivre.
Approchez. Voulez-vous vivre ?
Prenez, mangez, et vivez. »

Ô Sagesse, ta parole
Fit éclore l'univers,
Posa sur un double pôle
La terre au milieu des mers.
Tu dis, et les cieux parurent,
Et tous les astres coururent
Dans leur ordre se placer.
Avant les siècles tu règnes ;
Et qui suis-je, que tu daignes
Jusqu'à moi te rabaisser ?

Le Verbe, image du Père,
Laissa son trône éternel,
Et d'une mortelle mère
Voulut naître homme et mortel.
Comme l'orgueil fut le crime
Dont il naissait la victime,
Il dépouilla sa splendeur,

Et vint, pauvre et misérable,
Apprendre à l'homme coupable
Sa véritable grandeur.

L'âme heureusement captive
Sous ton joug trouve la paix,
Et s'abreuve d'une eau vive
Qui ne s'épuise jamais.
Chacun peut boire en cette onde :
Elle invite tout le monde ;
Mais nous courons follement
Chercher des sources bourbeuses
Ou des citernes trompeuses
D'où l'eau fuit à tout moment.

Hymnes traduites
du Bréviaire romain

Le lundi

À MATINES

Tandis que le sommeil, réparant la nature,
Tient enchaînés le travail et le bruit,
Nous rompons ses liens, ô clarté toujours pure,
Pour te louer dans la profonde nuit.

Que dès notre réveil notre voix te bénisse ;
Qu'à te chercher notre cœur empressé
T'offre ses premiers vœux ; et que par toi finisse
Le jour par toi saintement commencé.

L'astre dont la présence écarte la nuit sombre
Viendra bientôt recommencer son tour ;
Ô vous, noirs ennemis qui vous glissez dans l'ombre,
Disparaissez à l'approche du jour.

Nous t'implorons, Seigneur ; tes bontés sont nos armes :
De tout péché rends-nous purs à tes yeux ;
Fais que t'ayant chanté dans ce séjour de larmes,
Nous te chantions dans le repos des cieux.

Exauce, Père saint, notre ardente prière,
Verbe, son fils, Esprit, leur nœud divin,
Dieu qui, tout éclatant de ta propre lumière,
Règnes au ciel sans principe et sans fin.

À LAUDES

Source ineffable de lumière,
Verbe en qui l'Éternel contemple sa beauté ;
Astre dont le soleil n'est que l'ombre grossière,
Sacré jour, dont le jour emprunte sa clarté ;

Lève-toi, soleil adorable,
Qui de l'éternité ne fais qu'un heureux jour ;
Fais briller à nos yeux ta clarté secourable
Et répands dans nos cœurs le feu de ton amour.

Prions aussi l'auguste Père,
Le Père dont la gloire a devancé les temps,
Le Père tout-puissant en qui le monde espère,
Qu'il soutienne d'en haut ses fragiles enfants.

Donne-nous un ferme courage ;
Brise la noire dent du serpent envieux ;
Que le calme, grand Dieu, suive de près l'orage ;
Fais-nous faire toujours ce qui plaît à tes yeux.

Guide notre âme dans ta route ;
Rends notre corps docile à ta divine loi ;
Remplis-nous d'un espoir que n'ébranle aucun doute,
Et que jamais l'erreur n'altère notre foi.

Que Christ soit notre pain céleste ;
Que l'eau d'une foi vive abreuve notre cœur :
Ivres de ton esprit, sobres pour tout le reste,
Daigne à tes combattants inspirer ta vigueur.

Que la pudeur chaste et vermeille
Imite sur leur front la rougeur du matin ;
Aux clartés du midi que leur foi soit pareille ;
Que leur persévérance ignore le déclin.

L'aurore luit sur l'hémisphère :
Que Jésus dans nos cœurs daigne luire aujourd'hui,
Jésus, qui tout entier est dans son divin Père,
Comme son divin Père est tout entier en lui.

Gloire à toi, Trinité profonde,
Père, Fils, Esprit saint : qu'on t'adore toujours,
Tant que l'astre des temps éclairera le monde
Et quand les siècles même auront fini leur cours.

Le mardi

À MATINES

Verbe égal au Très-Haut, notre unique espérance,
Jour éternel de la terre et des cieux,
De la paisible nuit nous rompons le silence :
Divin Sauveur, jette sur nous les yeux.

Répands sur nous le feu de ta grâce invincible ;
Que tout l'enfer fuie au son de ta voix ;
Dissipe ce sommeil qui rend l'âme insensible,
Et la conduit dans l'oubli de tes lois.

Ô Christ, sois favorable à ce peuple fidèle,
Pour te bénir maintenant assemblé ;
Reçois les chants qu'il offre à ta gloire immortelle ;
Et de tes dons qu'il retourne comblé.

Exauce, Père saint, notre ardente prière,
Verbe, son fils, Esprit, leur nœud divin,
Dieu qui, tout éclatant de ta propre lumière,
Règnes au ciel sans principe et sans fin.

À LAUDES

L'oiseau vigilant nous réveille,
Et ses chants redoublés semblent chasser la nuit :
Jésus se fait entendre à l'âme qui sommeille,
Et l'appelle à la vie où son jour nous conduit.

« Quittez, dit-il, la couche oisive
Où vous ensevelit une molle langueur :
Sobres, chastes et purs, l'œil et l'âme attentive,
Veillez : je suis tout proche et frappe à votre cœur. »

Ouvrons donc l'œil à sa lumière,
Levons vers ce Sauveur et nos mains et nos yeux,
Pleurons et gémissons : une ardente prière
Écarte le sommeil, et pénètre les cieux.

Ô Christ, ô soleil de justice,
De nos cœurs endurcis romps l'assoupissement ;
Dissipe l'ombre épaisse où les plonge le vice,
Et que ton divin jour y brille à tout moment.

Gloire à Toi, Trinité profonde,
Père, Fils, Esprit saint : qu'on t'adore toujours,
Tant que l'astre des temps éclairera le monde,
Et quand les siècles même auront fini leur cours.

Le mercredi

À MATINES

Grand Dieu, par qui de rien toute chose est formée,
Jette les yeux sur nos besoins divers ;
Romps ce fatal sommeil par qui l'âme charmée
Dort en repos sur le bord des enfers.

Daigne, ô divin Sauveur que notre voix implore,
Prendre pitié des fragiles mortels,
Et vois comme du lit, sans attendre l'aurore,
Le repentir nous traîne à tes autels.

C'est là que notre troupe affligée, inquiète,
Levant au ciel et le cœur et les mains,
Imite le grand Paul, et suit ce qu'un Prophète
Nous a prescrit dans ses cantiques saints.

Nous montrons à tes yeux nos maux et nos alarmes,
Nous confessons tous nos crimes secrets ;
Nous t'offrons tous nos vœux, nous y mêlons nos larmes :
Que ta bonté révoque tes arrêts.

Exauce, Père saint, notre ardente prière,
Verbe, son fils, Esprit, leur nœud divin,
Dieu qui, tout éclatant de ta propre lumière,
Règnes au ciel sans principe et sans fin.

À LAUDES

Sombre nuit, aveugles ténèbres,
Fuyez : le jour s'approche et l'Olympe blanchit ;
Et vous, démons, rentrez dans vos prisons funèbres :
De votre empire affreux un Dieu nous affranchit.

Le soleil perce l'ombre obscure ;
Et les traits éclatants qu'il lance dans les airs,
Rompant le voile épais qui couvrait la nature,
Redonnent la couleur et l'âme à l'univers.

Ô Christ, notre unique lumière,
Nous ne reconnaissons que tes saintes clartés.
Notre esprit t'est soumis ; entends notre prière,
Et sous ton divin joug range nos volontés.

Souvent notre âme criminelle
Sur sa fausse vertu téméraire s'endort ;
Hâte-toi d'éclairer, ô lumière éternelle,
Des malheureux assis dans l'ombre de la mort.

Gloire à Toi, Trinité profonde,
Père, Fils, Esprit saint : qu'on t'adore toujours,
Tant que l'astre des temps éclairera le monde
Et quand les siècles même auront fini leur cours.

Le jeudi

À MATINES

De toutes les couleurs que distinguait la vue
L'obscure nuit n'a fait qu'une couleur :
Juste juge des cœurs, notre ardeur assidue
Demande ici tes yeux et ta faveur.

Qu'ainsi prompt à guérir nos mortelles blessures,
Ton feu divin, dans nos cœurs répandu,
Consomme pour jamais les passions impures,
Pour n'y laisser que l'amour qui t'est dû.

Effrayés des péchés dont le poids les accable,
Tes serviteurs voudraient se relever :
Ils implorent, Seigneur, ta bonté secourable,
Et dans ton sang cherchent à se laver.

Seconde leurs efforts, dissipe l'ombre noire
Qui dès longtemps les tient enveloppés ;
Et que l'heureux séjour d'une immortelle gloire
Soit l'objet seul de leurs cœurs détrompés.

Exauce, Père saint, notre ardente prière,
Verbe, son Fils, Esprit, leur nœud divin,
Dieu qui, tout éclatant de ta propre lumière,
Règnes au ciel sans principe et sans fin.

À LAUDES

Les portes du jour sont ouvertes,
Le soleil peint le ciel de rayons éclatants :
Loin de nous cette nuit dont nos âmes couvertes
Dans le chemin du crime ont erré si longtemps.

Imitons la lumière pure
De l'astre étincelant qui commence son cours,
Ennemis du mensonge et de la fraude obscure ;
Et que la vérité brille en tous nos discours.

Que ce jour se passe sans crime,
Que nos langues, nos mains, nos yeux soient innocents ;
Que tout soit chaste en nous, et qu'un frein légitime
Aux lois de la raison asservisse les sens.

Du haut de sa sainte demeure
Un Dieu toujours veillant nous regarde marcher ;
Il nous voit, nous entend, nous observe à toute heure ;
Et la plus sombre nuit ne saurait nous cacher.

Gloire à Toi, Trinité profonde,
Père, Fils, Esprit saint : qu'on t'adore toujours,
Tant que l'astre des temps éclairera le monde,
Et quand les siècles même auront fini leur cours.

Le vendredi

À MATINES

Auteur de toute chose, essence en trois unique,
Dieu tout-puissant, qui régis l'univers,
Dans la profonde nuit nous t'offrons ce cantique :
Écoute-nous, et vois nos maux divers.

Tandis que du sommeil le charme nécessaire
Ferme les yeux du reste des humains,
Le cœur tout pénétré d'une douleur amère,
Nous implorons tes secours souverains.

Que tes feux de nos cœurs chassent la nuit fatale ;
Qu'à leur éclat soient d'abord dissipés
Ces objets dangereux que la ruse infernale
Dans un vain songe offre à nos sens trompés.

Que notre corps soit pur ; qu'une indolence ingrate
Ne tienne point nos cœurs ensevelis ;
Que par l'impression du vice qui nous flatte
Tes feux sacrés n'y soient point affaiblis.

Qu'ainsi, divin Seigneur, tes lumières célestes,
Dans tes sentiers affermissant nos pas,
Nous détournent toujours de ces pièges funestes
Que le démon couvre de mille appas.

Exauce, Père saint, notre ardente prière,
Verbe, son fils, Esprit, leur nœud divin,
Dieu qui, tout éclatant de ta propre lumière,
Règnes au ciel sans principe et sans fin.

À LAUDES

Astre que l'Olympe révère,
Doux espoir des mortels rachetés par ton sang,
Verbe, Fils éternel du redoutable Père,
Jésus, qu'une humble Vierge a porté dans son flanc,

Affermis l'âme qui chancelle ;
Fais que levant au ciel nos innocentes mains,
Nous chantions dignement et ta gloire immortelle,
Et les biens dont ta grâce a comblé les humains.

L'astre avant-coureur de l'aurore,
Du soleil qui s'approche annonce le retour ;
Sous le pâle horizon l'ombre se décolore :
Lève-toi dans nos cœurs, chaste et bienheureux jour.

Sois notre inséparable guide ;
Du siècle ténébreux perce l'obscure nuit ;
Défends-nous en tout temps contre l'attrait perfide
De ces plaisirs trompeurs dont la mort est le fruit.

Que la foi dans nos cœurs gravée
D'un rocher immobile ait la stabilité ;
Que sur ce fondement l'espérance élevée
Porte pour comble heureux l'ardente charité.

Gloire à Toi, Trinité profonde,
Père, Fils, Esprit saint : qu'on t'adore toujours,
Tant que l'astre des temps éclairera le monde,
Et quand les siècles même auront fini leur cours.

Le samedi

À MATINES

Ô toi qui d'un œil de clémence
Vois les égarements des fragiles humains ;
Toi dont l'être un en trois et le même en puissance
A créé ce grand tout soutenu par tes mains,

Éteins ta foudre dans les larmes
Qu'un juste repentir mêle à nos chants sacrés ;
Et que puisse ta grâce, où brillent tes doux charmes,
Te préparer un temple en nos cœurs épurés.

Brûle en nous de tes saintes flammes
Tout ce qui de nos sens excite les transports,

Afin que toujours prêts, nous puissions dans nos âmes
Du démon de la chair vaincre tous les efforts.

Pour chanter ici tes louanges,
Notre zèle, Seigneur, a devancé le jour :
Fais qu'ainsi nous chantions un jour avec tes anges
Les biens qu'à tes élus assure ton amour.

Père des anges et des hommes,
Sacré Verbe, Esprit saint, profonde Trinité,
Sauve-nous ici-bas des périls où nous sommes,
Et qu'on loue à jamais ton immense bonté.

À LAUDES

L'aurore brillante et vermeille
Prépare le chemin au soleil qui la suit ;
Tout rit aux premiers traits du jour qui se réveille :
Retirez-vous, démons, qui volez dans la nuit.

Fuyez, songes, troupe menteuse,
Dangereux ennemis par la nuit enfantés ;
Et que fuie avec vous la mémoire honteuse
Des objets qu'à nos sens vous avez présentés.

Chantons l'auteur de la lumière,
Jusqu'au jour où son ordre a marqué notre fin,

Et qu'en le bénissant notre aurore dernière
Se perde en un midi sans soir et sans matin.

Gloire à Toi, Trinité profonde,
Père, Fils, Esprit saint : qu'on t'adore toujours,
Tant que l'astre des temps éclairera le monde,
Et quand les siècles même auront fini leur cours.

Le lundi

À VÊPRES

Grand Dieu, qui vis les cieux se former sans matière,
À ta voix seulement,
Tu séparas les eaux, leur marquant pour barrière
Le vaste firmament.

Si la voûte céleste a ses plaines liquides,
La terre a ses ruisseaux,
Qui contre les chaleurs portent aux champs arides
Le secours de leurs eaux :

Seigneur, qu'ainsi les eaux de ta grâce féconde
Réparent nos langueurs ;
Que nos sens désormais vers les appas du monde
N'entraînent plus nos cœurs.

Fais briller de ta foi les lumières propices
À nos yeux éclairés ;
Qu'elle arrache le voile à tous les artifices
Des enfers conjurés.

Règne, ô Père éternel, Fils, Sagesse incréée,
Esprit saint, Dieu de paix,
Qui fais changer des temps l'inconstante durée,
Et ne changes jamais.

Le mardi

À VÊPRES

Ta sagesse, grand Dieu, dans tes œuvres tracée,
Débrouilla le chaos,
Et fixant sur son poids la terre balancée,
La sépara des flots.

Par là, son sein fécond de fleurs et de feuillages
L'embellit tous les ans,
L'enrichit de doux fruits, couvre de pâturages
Ses vallons et ses champs.

Seigneur, fais de ta grâce à notre âme abattue
Goûter les fruits heureux ;

Et que puissent nos pleurs de la chair corrompue
Éteindre en nous les feux.

Que sans cesse nos cœurs, loin du sentier des vices,
Suivent tes volontés ;
Qu'innocents à tes yeux, ils fondent leurs délices
Sur tes seules bontés.

Règne, ô Père éternel, Fils, Sagesse incréée,
Esprit saint, Dieu de paix,
Qui fais changer des temps l'inconstante durée,
Et ne changes jamais.

Le mercredi

À VÊPRES

Grand Dieu, qui fais briller sur la voûte étoilée
Ton trône glorieux,
Et d'une blancheur vive, à la pourpre mêlée,
Peins le centre des cieux,

Par toi roule à nos yeux sur un char de lumière
Le clair flambeau des jours ;
De tant d'astres par toi la lune en sa carrière
Voit le différent cours.

Ainsi sont séparés les jours des nuits prochaines
Par d'immuables lois ;
Ainsi tu fais connaître à des marques certaines
Les saisons et les mois.

Seigneur, répands sur nous ta lumière céleste,
Guéris nos maux divers ;
Que ta main invincible, aux démons si funeste,
Brise enfin tous nos fers.

Règne, ô Père éternel, Fils, Sagesse incréée,
Esprit saint, Dieu de paix,
Qui fais changer des temps l'inconstante durée,
Et ne changes jamais.

Le jeudi

À VÊPRES

Seigneur, tant d'animaux par toi des eaux fécondes
Sont produits à ton choix,
Que leur nombre infini peuple ou les mers profondes,
Ou les airs et les bois.

Ceux-là sont humectés des flots que la mer roule ;
Ceux-ci, de l'eau des cieux ;
Et de la même source ainsi sortis en foule,
Occupent divers lieux.

Fais, ô Dieu tout-puissant, fais que tous les fidèles
À ta grâce soumis,
Ne retombent jamais dans les chaînes cruelles
De leurs fiers ennemis ;

Que par toi soutenus, le joug pesant des vices
Ne les accable pas ;
Qu'un orgueil téméraire en d'affreux précipices
N'engage point leurs pas.

Règne, ô Père éternel, Fils, Sagesse incréée,
Esprit saint, Dieu de paix,
Qui fais changer des temps l'inconstante durée,
Et ne changes jamais.

Le vendredi

À VÊPRES

Créateur des humains, grand Dieu, souverain maître
De ce vaste univers,
Qui du sein de la terre, à ton ordre, vis naître
Tant d'animaux divers,

À ces grands corps sans nombre et différents d'espèce,
Animés à ta voix,

L'homme fut établi par ta haute sagesse
Pour imposer ses lois.

Seigneur, qu'ainsi ta grâce à nos vœux accordée
Règne dans notre cœur ;
Que nul excès honteux, que nulle impure idée
N'en chasse la pudeur.

Qu'un saint ravissement éclate en notre zèle ;
Guide toujours nos pas ;
Fais d'une paix profonde à ton peuple fidèle
Goûter les doux appas.

Règne, ô Père éternel, Fils, Sagesse incréée,
Esprit saint, Dieu de paix,
Qui fais changer des temps l'inconstante durée,
Et ne changes jamais.

Le Paysage
ou
Promenade
de Port-Royal-des-Champs

ODE PREMIÈRE

LOUANGE DE PORT-ROYAL EN GÉNÉRAL

Saintes demeures du silence,
Lieux pleins de charmes et d'attraits,
Port où, dans le sein de la paix,
Règne la Grâce et l'Innocence ;
Beaux déserts qu'à l'envi des cieux,
De ses trésors les plus précieux
  A comblés la nature,
Quelle assez brillante couleur
  Peut tracer la peinture
De votre adorable splendeur ?

Les moins éclatantes merveilles
De ces plaines ou de ces bois
Pourraient-elles pas mille fois
Épuiser les plus doctes veilles ?
Le soleil vit-il dans son tour
Quelque si superbe séjour
  Qui ne vous rende hommage ?
Et l'art des plus riches cités
  A-t-il la moindre image
De vos naturelles beautés ?

Je sais que ces grands édifices
Que s'élève la vanité
Ne souillent point la pureté
De vos innocentes délices.
Non, vous n'offrez point à nos yeux
Ces tours qui jusque dans les cieux
   Semblent porter la guerre,
Et qui, se perdant dans les airs,
   Vont encor sous la terre
Se perdre dedans les enfers.

Tous ces bâtiments admirables,
Ces palais partout si vantés,
Et qui sont comme cimentés
Du sang des peuples misérables,
Enfin tous ces augustes lieux
Qui semblent faire autant de dieux
   De leurs maîtres superbes,
Un jour trébuchant avec eux,
   Ne seront sur les herbes
Que de grands sépulcres affreux.

Mais toi, solitude féconde,
Tu n'as rien que de saints attraits,
Qui ne s'effaceront jamais
Que par l'écroulement du monde :
L'on verra l'émail de tes champs
Tant que la nuit de diamants
   Sèmera l'hémisphère ;

Et tant que l'astre des saisons
   Dorera sa carrière,
L'on verra l'or de tes moissons.

Que si parmi tant de merveilles
Nous ne voyons point ces beaux ronds,
Ces jets où l'onde par ses bonds
Charme les yeux et les oreilles,
Ne voyons-nous pas dans tes prés
Se rouler sur des lits dorés
   Cent flots d'argent liquide,
Sans que le front du laboureur
   À leur course rapide
Joigne les eaux de sa sueur ?

La nature est inimitable ;
Et quand elle est en liberté,
Elle brille d'une clarté
Aussi douce que véritable.
C'est elle qui sur ces vallons,
Ces bois, ces prés et ces sillons
   Signale sa puissance ;
C'est elle par qui leurs beautés,
   Sans blesser l'innocence,
Rendent nos yeux comme enchantés.

ODE II

LE PAYSAGE EN GROS

Que je me plais sur ces montagnes,
Qui s'élevant jusques aux cieux,
D'un diadème gracieux
Couronnent ces belles campagnes !
Ô Dieu ! que d'objets ravissants
S'y viennent offrir à mes sens !
  De leurs riches vallées,
Quel amas brillant et confus
  De beautés rassemblées
Éblouit mes yeux éperdus !

Delà j'aperçois les prairies,
Sur les plaines et les coteaux,
Parmi les arbres et les eaux,
Étaler leurs pompes fleuries ;
Deçà je vois les pampres verts
Enrichir cent tertres divers
  De leurs grappes fécondes,
Et là les prodigues guérets
  De leurs javelles blondes
Border les prés et les forêts.

Dessus ces javelles fertiles,
Et dessus cet or tout mouvant,
Je vois aussi l'air et le vent
Promener leurs souffles tranquilles ;
Et comme on voit l'onde en repos
Souvent refriser de ses flots
  La surface inconstante,
Je vois de ces pompeux sillons
  La richesse flottante
Ondoyer dessus ces vallons.

Je vois ce sacré sanctuaire,
Ce grand temple, ce saint séjour
Où Jésus encor chaque jour
S'immole pour nous à son Père.
Muse, c'est à ce doux Sauveur
Que je dois consacrer mon cœur,
  Mes travaux et mes veilles :
C'est lui de qui le puissant bras
  Fit toutes ces merveilles
Qui nous fournissent tant d'appas.

Ainsi, d'un tacite langage
L'on voit ce temple spacieux
S'élevant dessus tous les lieux,
Leur demander un humble hommage,
Et semble aller au firmament
Publier encor hautement
  À ces sphères roulantes,

Qu'ainsi qu'en l'azur lumineux
  De leurs voûtes brillantes,
Dieu loge en son sein bienheureux.

Je vois ce cloître vénérable,
Ces beaux lieux du ciel bien-aimés,
Qui de cent temples animés
Cachent la richesse adorable.
C'est dans ce chaste paradis
Que règne, en un trône de lis,
  La virginité sainte ;
C'est là que mille anges mortels
  D'une éternelle plainte
Gémissent aux pieds des autels.

Sacrés palais de l'innocence,
Astres vivants, chœurs glorieux,
Qui faites voir de nouveaux cieux
Dans ces demeures de silence,
Non, ma plume n'entreprend pas
De tracer ici vos combats,
  Vos jeûnes et vos veilles :
Il faut, pour en bien révérer
  Les augustes merveilles,
Et les taire et les adorer.

Je vois les altières futaies,
De qui les arbres verdoyants
Dessous leurs grands bras ondoyants
Cachent les buissons et les haies :

L'on dirait même que les cieux
Posent sur ces audacieux
   Leur pesante machine,
Et qu'eux, d'un orgueil non-pareil,
   Prêtent leur forte échine
À ces grands trônes du soleil.

Je vois les fruitiers innombrables
Tantôt rangés en espaliers,
Tantôt ombrager les sentiers
De leurs richesses agréables.
Mais allons dans tous ces beaux lieux
Voir d'un regard plus curieux
   Leur pompe renfermée ;
Et vous, souffrez, riches déserts,
   Que mon âme charmée
Contemple vos trésors divers.

ODE III

DESCRIPTION DES BOIS

Que ces vieux royaumes des ombres,
Ces grands bois, ces noires forêts,
Cachent de charmes et d'attraits
Dessous leurs feuillages si sombres !
C'est dans ce tranquille séjour
Que l'on voit régner nuit et jour
  La paix et le silence ;
C'est là qu'on dit que nos aïeux,
  Au siècle d'innocence,
Goûtaient les délices des cieux.

C'est là que cent longues allées
D'arbres toujours riches et verts
Se font voir en cent lieux divers,
Droites, penchantes, étoilées.
Je vois mille troncs sourcilleux
Soutenir le faîte orgueilleux
  De leurs voûtes tremblantes ;
Et l'on dirait que le saphir
  De deux portes brillantes
Ferme ces vrais lieux de plaisir.

C'est sous ces épaisses feuillées
Que l'on voit les petits oiseaux,
Ces chantres si doux et si beaux,
Errer en troupes émaillées ;
C'est là que ces hôtes pieux
Par leurs concerts harmonieux
  Enchantent les oreilles,
Et qu'ils célèbrent sans souci
  Les charmantes merveilles
De ces lieux qu'ils ornent aussi.

Là, d'une admirable structure,
On les voit suspendre ces nids,
Ces cabinets si bien bâtis,
Dont l'art étonne la nature.
Là, parfois, l'un sur son rameau
Entraîne le petit fardeau
  D'une paille volante ;
L'autre console, en trémoussant,
  Sa famille dolente
De quelque butin ravissant.

Là l'on voit la biche légère,
Loin du sanguinaire aboyeur,
Fouler, sans crainte et sans frayeur,
Le tendre émail de la fougère.
Là le chevreuil, champêtre et doux,
Bondit aussi dessus les houx,
  En courses incertaines ;

Là les cerfs, ces arbres vivants,
   De leurs bandes hautaines
Font cent autres grands bois mouvants.

C'est là qu'avec de doux murmures
L'on entend les petits zéphyrs,
De qui les tranquilles soupirs
Charment les peines les plus dures.
C'est là qu'on les voit tour à tour
Venir baiser avec amour
   La feuille trembl[otante] ;
Là, pour joindre au chant des oiseaux
   Leur musique éclatante,
Ils concertent sur les rameaux.

Là cette chaleur violente
Qui dans les champs et les vallons
Brûle les avides sillons,
Se fait voir moins fière et plus lente.
L'œil du monde voit à regret
Qu'il ne peut percer le secret
   De ces lieux pleins de charmes :
Plus il y lance de clartés,
   Plus il leur donne d'armes
Contre ses brûlantes beautés.

ODE IV

DE L'ÉTANG

Que c'est une chose charmante
De voir cet étang gracieux,
Où, comme en un lit précieux,
L'onde est toujours calme et dormante !
Mes yeux, contemplons de plus près
Les inimitables portraits
  De ce miroir humide ;
Voyons bien les charmes puissants
  Dont sa glace liquide
Enchante et trompe tous les sens.

Déjà je vois sous ce rivage
La terre jointe avec les cieux
Faire un chaos délicieux
Et de l'onde et de leur image.
Je vois le grand astre du jour
Rouler dans ce flottant séjour
  Le char de la lumière ;
Et sans offenser de ses feux
  La fraîcheur coutumière,
Dorer son cristal lumineux.

Je vois les tilleuls et les chênes,
Ces géants de cent bras armés,
Ainsi que d'eux-mêmes charmés,
Y mirer leurs têtes hautaines ;
Je vois aussi leurs grands rameaux
Si bien tracer dedans les eaux
    Leur mobile peinture,
Qu'on ne sait si l'onde, en tremblant,
    Fait trembler leur verdure,
Ou plutôt l'air même et le vent.

Là l'hirondelle voltigeante,
Rasant les flots clairs et polis,
Y vient, avec cent petits cris,
Baiser son image naissante.
Là mille autres petits oiseaux
Peignent encore dans les eaux
    Leur éclatant plumage :
L'œil ne peut juger au dehors
    Qui vole ou bien qui nage
De leurs ombres et de leurs corps.

Quelles richesses admirables
N'ont point ces nageurs marquetés,
Ces poissons aux dos argentés,
Sur leurs écailles agréables !
Ici je les vois s'assembler,
Se mêler et se démêler
    Dans leur couche profonde ;

Là je les vois (Dieu ! quels attraits !)
   Se promenant dans l'onde,
Se promener dans les forêts.

Je les vois, en troupes légères,
S'élancer de leur lit natal ;
Puis tombant, peindre en ce cristal
Mille couronnes passagères.
L'on dirait que, comme envieux
De voir nager dedans ces lieux
   Tant de bandes volantes,
Perçant les remparts entr'ouverts
   De leurs prisons brillantes,
Ils veulent s'enfuir dans les airs.

Enfin ce beau tapis liquide
Semble enfermer entre ses bords
Tout ce que vomit de trésors
L'Océan sur un sable aride.
Ici l'or et l'azur des cieux
Font de leur éclat précieux
   Comme un riche mélange ;
Là l'émeraude des rameaux
   D'une agréable frange
Entoure le cristal des eaux.

Mais quelle soudaine tourmente,
Comme de beaux songes trompeurs
Dissipant toutes les couleurs,
Vient réveiller l'onde dormante ?

Déjà ses flots entre-poussés
Roulent cent monceaux empressés
  De perles ondoyantes,
Et n'étalent pas moins d'attraits
  Sur leurs vagues bruyantes
Que dans leurs tranquilles portraits.

ODE V

DES PRAIRIES

Mon Dieu, que ces plaines charmantes,
Ces grands prés si beaux et si verts,
Nous présentent d'appas divers
Parmi leurs richesses brillantes !
Ce doux air, ces vives odeurs,
Le pompeux éclat de ces fleurs
   Dont l'herbe se colore,
Semble-t-il pas dire à nos yeux
   Que le palais de Flore
Se fait voir vraiment en ces lieux ?

C'est là qu'on entend le murmure
De ces agréables ruisseaux
Qui joignent leurs flots et leurs eaux
Au vif émail de la verdure.
C'est là qu'en paisibles replis,
Dans les beaux vases de leurs lits,
   Ils arrosent les herbes,
Et que les doux gazouillements
   De leurs ondes superbes
Bravent les bruits les plus charmants.

Je les vois, au haut des montagnes,
Venir d'un cours précipité
Offrir leur tribut argenté
Dans le beau sein de ces campagnes ;
Et là, d'un pas respectueux,
Traîner en cercles tortueux
  Leurs sources vagabondes ;
Et comme charmés des beautés
  De ces plaines fécondes,
S'y répandre de tous côtés.

Là ces méandres agréables,
Descendant et puis remontant,
Font dans leur voyage inconstant
Cent labyrinthes délectables.
Tantôt leurs flots, en s'entr'ouvrant,
Se fuyant et se retrouvant,
  Font cent îles fleuries ;
Tantôt, quittant leur lit natal,
  Ils bordent les prairies
D'une ceinture de cristal.

Là, quand le jour rapporte au monde
Le beau tribut de sa clarté,
Et que l'ombre et l'obscurité
Rentrent dans leur grotte profonde,
Là, dis-je, des portes du ciel,
On voit de perles et de miel
  Choir une riche pluie,

Et Flore, pour ce doux trésor,
Ouvrir, toute ravie,
Cent petits bassins d'ambre et d'or.

Là l'on voit aussi sur les herbes
Voltiger ces vivantes fleurs,
Les papillons, dont les couleurs
Sont si frêles et si superbes ;
C'est là qu'en escadrons divers,
Ils répandent dedans les airs
Mille beautés nouvelles,
Et que les essaims abusés
Vont chercher sous leurs ailes
Les pleurs que l'Aurore a versés.

C'est là qu'en nombreuses allées
L'on voit mille saules épais
De remparts superbes et frais
Ceindre ces plaines émaillées :
Oui, je les vois de tous côtés,
Abaissant l'éclat argenté
De leurs feuillages sombres,
Comme vouloir à ces ruisseaux,
Qui dorment sous leurs ombres,
Faire d'officieux rideaux.

ODE VI

DES TROUPEAUX
ET D'UN COMBAT DE TAUREAUX

C'est dans ces campagnes fleuries
Qu'on voit mille troupeaux errants
Aller en cent lieux différents
Ronger les trésors des prairies :
Les uns, charmés par leur aspect,
En retirent avec respect
  Leurs dents comme incertaines ;
Les autres, d'un cours diligent,
  Vont boire en ces fontaines
Qui semblent des coupes d'argent.

Là l'on voit les grasses génisses,
Se promenant à pas comptés,
Par des cris cent fois répétés
Témoigner leurs chastes délices ;
Là les brebis sur des buissons
Font pendre cent petits flocons
  De leur neige luisante ;
Les agneaux aussi, bondissant
  Sur la fleur renaissante,
Lui rendent leur culte innocent.

Là l'on voit, en troupes superbes,
Les jeunes poulains indomptés
Dessous leurs pas précipités
Faire à peine courber les herbes.
Je vois ces jeunes furieux
Qui semblent menacer les cieux
D'une tête hautaine,
Et par de fiers hennissements,
S'élançant sur la plaine,
Défier les airs et les vents.

Mais quelle horrible violence
Pousse ces taureaux envieux
À troubler la paix de ces lieux
Sacrés aux charmes du silence ?
Déjà, transportés de courroux,
Et sous leurs pieds et sous leurs coups
Ils font gémir la terre ;
Déjà leur mugissante voix,
Comme un bruyant tonnerre,
Fait trembler les monts et les bois.

Je vois déjà leur poil qui fume ;
Leurs yeux semblent étincelants ;
Leurs gosiers secs et pantelants
Jettent plus de feu que d'écume ;
La rage excite leur vigueur ;
Le vaincu redevient vainqueur ;
Tout coup fait sa blessure :

Leur front entr'ouvert et fendu
Fait rougir la verdure
D'un sang pêle-mêle épandu.

Parfois l'un fuyant en arrière
Se fait voir plus faible et plus lent;
Et puis revient, plus violent,
Décharger son âpre colère :
De même un torrent arrêté,
D'abord suspend[ant] sa fierté,
Remonte vers sa source,
Et puis, redoublant en fureur
Son indomptable course,
Traîne le ravage et l'horreur.

Pendant cette rude tempête,
L'on voit les timides troupeaux
Attendre qui des deux rivaux
Les doit faire enfin sa conquête;
Mais déjà l'un tout glorieux
Fait, d'un effort victorieux,
Triompher sa furie;
L'autre morne et plein de douleur
Va loin de la prairie
Cacher sa honte et son malheur.

Mais quittons ces tristes spectacles,
Qui n'offrent rien que d'odieux,
Pour aller visiter des lieux
Où l'on ne voit que des miracles.

Muse, si ce combat affreux
T'a presque fait, malgré mes vœux,
   Abandonner ces plaines,
Viens dans ces jardins, non de fleurs
   Inutiles et vaines,
Mais d'inestimables douceurs.

ODE VII

DES JARDINS

Mes yeux, pourrai-je bien vous croire ?
Suis-je éveillé ? Vois-je un jardin ?
N'est-ce point quelque songe vain
Qui me place en ce lieu de gloire ?
Je vois comme de nouveaux cieux
Où mille astres délicieux
  Répandent leur lumière,
Et semble qu'en ce beau séjour
  La terre est héritière
De tous ceux qu'a chassés le jour.

Déjà sur cette riche entrée
Je vois les pavis[1] rougissants
Étaler les rayons luisants
De leur belle neige empourprée.
Dieu ! quels prodiges inouïs !
Je vois naître dessus les lis
  L'incarnat de la rose,
Je vois la flamme et sa rougeur
  Dessus la neige éclose
Embellir même la blancheur.

Je vois cette pomme éclatante,
Ou plutôt ce petit soleil,
Ce doux abricot sans pareil,
Dont la couleur est si charmante.
Fabuleuses antiquités,
Ne nous vantez plus les beautés
  De vos pommes dorées :
J'en vois qui, d'un or gracieux
  Également parées,
Ravissent le goût et les yeux.

Je vois, sous la sombre verdure,
Ces deux fruits brillants et pompeux
Parer les murs, comme orgueilleux
D'une inimitable bordure ;
C'est là qu'heureusement pressés,
Et l'un près de l'autre entassés
  Sur cent égales chaînes,
Ils semblent faire avec éclat
  De leurs branches hautaines
Cent sillons d'or et d'incarnat.

Je viens à vous, arbres fertiles,
Poiriers de pompe et de plaisirs,
Pour qui nos vœux et nos désirs
Jamais ne se sont vus stériles :
Soit vous, qui, sans chercher d'appuis,
Voyez sous vos superbes fruits
  Se courber vos branchages,

Soit vous, qui des riches habits
  De vos tremblants feuillages
Faites de si vastes tapis.

Mais quelle assez vive peinture
Suffit pour tracer dignement
Tout le pompeux ameublement
Dont vous a parés la nature ?
Vous ne présentez à nos yeux
Que les fruits les plus précieux
  Qu'ait cultivés Pomone ;
Ils ont eu le lis pour berceau,
  L'émeraude est leur trône,
L'or et la pourpre leur manteau.

Je les vois, par un doux échange,
Ici mûris, et là naissants,
De leurs fruits blonds et verdissants
Faire un agréable mélange ;
J'en vois même dedans leur fleur
Garder encore la splendeur
  De leur blanche couronne,
Et joindre l'espoir du printemps
  Aux beaux fruits dont l'automne
Rend nos vœux à jamais contents.

Je sais quelle auguste matière
Pouvait sur mes sombres crayons
Jeter encore les rayons
De son éclatante lumière ;

Mais déjà l'unique flambeau,
Allant se plonger dedans l'eau,
 A fait place aux ténèbres ;
Et les étoiles à leur tour,
 Comme torches funèbres,
Font les funérailles du jour.

J'entends l'innocente musique
Des flûtes et des chalumeaux
Saluer l'ombre en ces hameaux
D'une sérénade rustique.
L'ombre qui, par ses doux pavots,
Venant enfin faire aux travaux
 Une paisible guerre,
Fait que ces astres précieux,
 Pâlissant sur la terre,
Semblent retourner dans les cieux.

Trois épigrammes

I

POUR LE PORTRAIT DE M. ARNAULD[1]

Sublime en ses écrits, doux et simple de cœur,
Puisant la vérité jusqu'en son origine,
De tous ses longs combats Arnauld sortit vainqueur,
Et soutint de la foi l'antiquité divine ;
De la grâce il perça les mystères obscurs,
Aux humbles pénitents traça des chemins sûrs,
Rappela le pécheur au joug de l'Évangile.
Dieu fut l'unique objet de ses désirs constants :
L'Église n'eut jamais, même en ses premiers temps,
De plus zélé vengeur, ni d'enfant plus docile.

II

ÉPITAPHE DE M. ARNAULD

Haï des uns, chéri des autres,
Admiré de tout l'univers,
Et plus digne de vivre au siècle des apôtres
Que dans un siècle si pervers,
Arnauld vient de finir sa carrière pénible.
Les mœurs n'eurent jamais de plus grave censeur,
L'erreur d'ennemi plus terrible,
L'Église de plus ferme et plus grand défenseur.

III

SUR LE PORT-ROYAL[1]

C'est là qu'on foule aux pieds les douceurs de la vie,
Et que dans une exacte et sainte austérité,
  À l'abri de la vérité,
On triomphe des traits de la plus noire envie.
Mais, hélas ! gémissons. De ce séjour si beau
Tu ne vois à présent que le triste tombeau,
Depuis que la Vertu, qui régnait dans ce temple,
Succombe sous l'effort et sous la dureté
De ceux qui ne pouvant la prendre pour exemple
  L'immolent à leur lâcheté.

CHRONOLOGIE

1639-1699

1639. 22 décembre : baptême de Jean Racine, fils de Jean Racine, « procureur » au bailliage de La Ferté-Milon, et de Jeanne Sconin, fille de Pierre Sconin, président du grenier à sel.

1641. Mort de Mme Racine.

1643. Mort du père. Le petit Jean et sa sœur Marie sont pris en charge par leur grand-mère paternelle, Marie Desmoulins, dont la fille Agnès (née en 1626) devait devenir abbesse de Port-Royal sous le nom de Mère Agnès de Sainte-Thècle.

1649. À la mort de son mari, Marie Desmoulins emmène Jean à Port-Royal. De 1649 à 1653, Racine est élevé, gratuitement, aux Petites Écoles. Il a Nicole pour maître.

1654-1655. Racine fait au collège de Beauvais, qui appartient également aux jansénistes, sa seconde année de lettres et sa rhétorique.

1655-1658. Retour à Port-Royal-des-Champs. La formation que Racine reçoit de l'helléniste Lancelot (qui lui permet en moins d'un an de lire les tragédies de Sophocle et d'Euripide), du latiniste Nicole, d'Antoine Le Maître, qui l'a pris en affection, et de « Monsieur » Hamon, tous hommes d'une piété austère, le marque durablement. C'est pendant ces années que Racine compose les sept odes qui forment la *Promenade de Port-Royal-des-Champs*.

1659. À sa sortie du collège d'Harcout, où il a fait sa philosophie, Racine habite avec son cousin Nicolas Vitart à l'hôtel de Luynes. Il se lie avec La Fontaine et, désireux de faire une carrière littéraire, recherche la faveur des grands.

1660. Ode en l'honneur du mariage du roi : *La Nymphe de la Seine*, remarquée par Chapelain.

1661. Retraite à Uzès chez son oncle, le chanoine Sconin, vicaire général, dont il espère recevoir le bénéfice.

1662. Déçu de n'avoir obtenu qu'un petit prieuré, Racine revient à Paris où, en juin 1663, il publie une ode : *Sur la convalescence du roi*, puis, en octobre, une nouvelle ode : *La Renommée aux Muses*.

1664. Première représentation de *La Thébaïde ou les Frères ennemis* par la troupe du Palais-Royal que dirige Molière.

1665. Représentation de la tragédie d'*Alexandre* par la troupe de Molière avec un grand succès. Racine se brouille alors avec Molière : il porte sa tragédie chez les comédiens de l'Hôtel de Bourgogne. Il est inscrit pour 600 livres sur la liste des gratifications aux gens de lettres.

1666. Nicole faisait paraître, depuis 1664, une série de *Lettres sur l'Hérésie imaginaire* (c'est-à-dire le jansénisme) : les dix premières seront nommées *Les Imaginaires*, les huit suivantes *Les Visionnaires*. Dans la première *Visionnaire*, Nicole traite le « faiseur de romans » et le « poète de théâtre » d'« empoisonneur public, non des corps, mais des âmes des fidèles ». Racine fait une réponse railleuse dans sa *Lettre à l'auteur des Hérésies imaginaires et des deux Visionnaires*. Il écrit une seconde lettre contre les défenseurs de Nicole, mais renonce finalement à la publier.

1667. Représentation d'*Andromaque* à l'Hôtel de Bourgogne. La pièce remporte un vif succès. La principale interprète, la comédienne Thérèse Du Parc, qui était la maîtresse de Racine, meurt l'année suivante ; sa mère parle d'empoisonnement et accuse Racine. Ainsi débute « l'affaire des poisons ».

1669. Échec de *Britannicus*, malgré la protection déclarée du roi.

1670. Première de *Bérénice*. Racine entre en lutte ouverte avec Corneille.

1677. 1er janvier : première de *Phèdre*. Une cabale fait tomber la pièce. 1er juin : mariage de Racine avec Catherine de Romanet ; il en aura sept enfants.

Octobre : Racine et Boileau, promus historiographes du roi, reçoivent chacun 6 000 livres. Racine renonce à écrire pour le théâtre.

1679. La Voisin, une des principales inculpées dans l'affaire des poisons, accuse Racine. En janvier 1680, un ordre d'arrestation sera lancé contre lui. Par suite d'une très haute intervention, l'affaire en restera là pour le poète. Désormais, Racine aura en horreur « les scandales de [sa] vie passée », comme il le dit dans son « petit testament ».

1685. Racine, directeur de l'Académie française, reçoit Thomas Corneille qui succède à son frère dans cette assemblée. Il fait l'éloge de son ancien rival.

1689. Première représentation d'*Esther*, pièce sacrée commandée par Mme de Maintenon pour les « demoiselles de Saint-Cyr ».

1690. Racine est nommé gentilhomme ordinaire du roi.

1691. Représentation d'*Athalie* à Saint-Cyr, sans décor ni costumes.

1694. Racine ménage à l'Académie française la réconciliation publique de Charles Perrault et de Boileau, qui met fin à la Querelle des Anciens et des Modernes, commencée en 1687. 8 août : mort d'Antoine Arnauld. Racine assiste au service funèbre célébré à Port-Royal. On lui attribue généralement deux poèmes composés pour le défunt, une épitaphe et un portrait. De cette même année datent les quatre *Cantiques spirituels*. De 1693 à 1698, Racine écrit l'*Abrégé de l'histoire de Port-Royal* à la gloire de ses anciens maîtres.

1699. 21 avril : mort de Racine. Il avait exprimé dans son « petit testament » la volonté d'être enterré à Port-Royal-des-Champs, aux pieds de M. Hamon.

1711. Après la destruction de Port-Royal, les restes de Racine sont transférés, avec ceux de Pascal, à Saint-Étienne-du-Mont.

NOTE SUR LE TEXTE

Des poèmes qu'on trouvera dans ce volume, seuls les *Hymnes traduites du Bréviaire romain* et les *Cantiques spirituels* ont paru du vivant de Racine. Encore les premières ne figuraient-elles dans le *Bréviaire* de Le Tourneux qu'avec des traductions dues à d'autres auteurs, comme on l'a dit dans la Préface ; l'attribution à Racine des hymnes retenues ici, confirmée dans l'ensemble, a fait l'objet, pour telle pièce ou telle strophe, de longs débats.

La *Promenade de Port-Royal* et les trois épigrammes, *Pour le portrait de M. Arnauld*, *Épitaphe de M. Arnauld*, *Sur le Port-Royal*, sont des œuvres posthumes. L'authenticité de la *Promenade*, quoique ces odes aient été composées avant 1658, est aujourd'hui admise. Celle des trois épigrammes est moins assurée, mais nous suivons la tradition qui les joint aux poésies de Racine. La *Promenade* a été publiée pour la première fois en 1808 dans l'édition des *Œuvres* de Racine donnée par Geoffroy, les trois épigrammes en 1723 dans le *Nécrologe de Port-Royal*.

Pour le détail de ces discussions, on se reportera aux éditions données par Paul Mesnard (*Œuvres de J. Racine*, tome IV, dans la collection des Grands écrivains de la France, Hachette, 1865) et par Raymond Picard (Racine, *Œuvres complètes*, Pléiade, tomes I et II, Gallimard, 1960). C'est le texte de cette dernière édition que nous reproduisons, en le corrigeant parfois. On consultera également l'édition procurée par Georges Forestier dans la nouvelle Pléiade (Racine, *Œuvres complètes*, tome I, Gallimard, 1999).

BIBLIOGRAPHIE

Henri Bremond, *Racine et Valéry*, Grasset, 1930.

Jean Racine, *Poésies sacrées*, édition présentée par Maurice Sachs, « Collection catholique », Gallimard, 1940.

Luzius Keller, « Corneille et Racine traducteurs du *Breviarium Romanum* », in *Mélanges Poulet*, Corti, 1972.

Robert Hill, « Racine and Pentecost : Christian Typology in *Athalie* », in *Papers on French Seventeenth Century Literature*, n° 32, 1990.

Jean Dubu, *Racine aux miroirs*, SEDES, 1992.

Eric Van der Schueren, « À la frontière de l'art et de la religion dans la France du XVIIe siècle : les *Cantiques spirituels* de Jean Racine », in *Papers on French Seventeenth Century Literature*, n° 44, 1996.

La musique composée par Delalande pour accompagner le deuxième des *Cantiques spirituels* (mais publiée par Moreau en 1695 sous le titre « Cantique Quatrième ») a été enregistrée :

Michel-Richard Delalande, *Petits motets*, Ensemble Les Arts Florissants, direction William Christie, Harmonia Mundi HMC 901416 (1992).

NOTES

Page 17.

1. Dans le manuscrit autographe, on peut lire à la suite de cette strophe, sous les ratures, la strophe que voici et que Racine a finalement retranchée :

> *L'enfant à peine sait exprimer ce qu'il pense*
> *Et tout marque en lui l'impuissance*
> *Et l'enfance de sa raison ;*
> *Mais il en fait un plein usage*
> *Quand son esprit mûri par l'âge*
> *Est dans sa parfaite saison.*

Page 19.

1. Dans sa lettre à Boileau du 3 octobre 1694, dont nous reproduisons ci-après l'essentiel, Racine commente ce cantique en répondant aux « difficultés » (c'est-à-dire aux objections) soulevées par son ami, et en lui demandant son avis avant d'arrêter la version définitive. C'est un document exceptionnel en ce qu'il nous fait entrer dans « l'atelier » du poète. La version dont parle Racine dans sa lettre ne comportait que quatre stances ; il a rajouté ultérieurement la première et la cinquième.

On pourra voir à quel point le poète était sensible à la vivacité d'un tour, à l'usage consacré d'une expression, mais aussi à l'accueil que tel ou tel mot, dont il s'était déjà servi dans ses tragédies, avait reçu alors ; quand il se demande s'il doit préférer « misérables » à « infortunés » (au début de la troisième stance de la version définitive), il se réfère à l'effet produit sur les spectateurs par la fameuse exclamation de Phèdre : *Misérable ! et je vis…* (acte IV, scène 6).

On remarquera aussi que, dans ces discussions, il n'est jamais question du sens théologique ; non que Racine y soit indifférent, mais c'est par le chant, la place et la résonance des mots, qu'il fait entendre ses convictions religieuses.

À Fontainebleau
le 3e octobre [*1694*].

Je vous suis bien obligé de la promptitude avec laquelle vous m'avez fait réponse. Comme je suppose que vous n'avez pas perdu les vers que je vous ai envoyés, je vais vous dire mon sentiment sur vos difficultés, et en même temps vous dire plusieurs changements que j'avais déjà faits de moi-même. Car vous savez qu'un homme qui compose fait souvent son thème en plusieurs façons.

Quand, par une fin soudaine,
Détrompés d'une ombre vaine
Qui passe et ne revient plus.

J'ai choisi ce tour, parce qu'il est conforme au texte qui parle de la fin imprévue des réprouvés, et je voudrais bien que cela fût bon, et que vous pussiez passer et approuver par une fin soudaine, *qui dit précisément la chose. Voici comme j'avais mis d'abord :*

Quand, déchus d'un bien frivole,
Qui comme l'ombre s'envole
Et ne revient jamais plus.

Mais ce jamais *me parut un peu mis pour remplir le vers, au lieu que* qui passe et ne revient plus *me semblait assez plein et assez vif. D'ailleurs j'ai mis à la 3e stance :* Pour trouver un bien fragile, *et c'est la même chose qu'*un bien frivole. *Ainsi tâchez de vous accoutumer à la première manière ; ou trouvez quelque autre chose qui vous satisfasse. Dans la 2e stance :*

Misérables que nous sommes,
Où s'égaraient nos esprits ?

infortunés *m'était venu le premier; mais le mot de* misérables, *que j'ai employé dans* Phèdre, *à qui je l'ai mis dans la bouche, et que l'on a trouvé assez bien, m'a paru avoir de la force en le mettant aussi dans la bouche des réprouvés, qui s'humilient et se condamnent eux-mêmes. Pour le second vers, j'avais mis :*

Diront-ils avec des cris,

Mais j'ai cru qu'on pouvait leur faire tenir tout ce discours sans mettre diront-ils, *et qu'il suffisait de mettre à la fin :* Ainsi d'une voix plaintive, *et le reste, par où on fait entendre que tout ce qui précède est le discours des réprouvés. Je crois qu'il y en a des exemples dans les* Odes *d'Horace.*

Et voilà que triomphants

Je me suis laissé entraîner au texte : Ecce quomodo computati sunt inter filios Dei ! *Et j'ai cru que ce tour marquait mieux la passion; car j'aurais pu mettre :* Et maintenant triomphants, *etc.*

Dans la 3e stance :

Qui nous montrait la carrière
De la bienheureuse paix.

On dit la carrière de la gloire, la carrière de l'honneur, *c'est-à-dire par où on court à la gloire, à l'honneur. Voyez si l'on ne pourrait pas dire de même* la carrière de la bienheureuse paix. *On dit même la* carrière de la vertu. *Du reste, je ne devine pas comment je le pourrais mieux dire.*

Il reste la 4e stance. J'avais d'abord mis le mot de repentance. *Mais outre qu'on ne dirait pas bien* les remords de la repentance, *au lieu qu'on dit les* remords de la pénitence, *ce mot de* pénitence, *en le joignant avec* tardive, *est assez consacré dans la langue de l'Écriture :* sero pænitentiam agentes. *On dit* la pénitence d'Antiochus, *pour dire* une pénitence tardive et inutile. *On dit aussi, dans ce sens,* la pénitence des damnés. *Pour la fin de cette stance, je l'avais changée deux heures après que ma lettre fut partie. Voici la stance entière :*

Ainsi, d'une voix plaintive,
Exprimera ses remords
La pénitence tardive
Des inconsolables morts.
Ce qui faisait leurs délices,

Seigneur, fera leurs supplices,
Et, par une égale loi,
Les saints trouveront des charmes
Dans le souvenir des larmes
Qu'ils versent ici pour toi.

Je vous conjure de m'envoyer votre sentiment sur tout ceci. J'ai dit franchement que j'attendais votre critique avant que de donner mes vers aux musiciens, et je l'ai dit à Mme de Maintenon, qui a pris de là occasion de me parler de vous avec beaucoup d'amitié. Le Roi a entendu chanter les deux autres cantiques, et a été fort content de M. Moreau, à qui nous espérons que cela pourra faire du bien. [...]

Page 72.

1. Pavis : « Sorte de pêche qui ne se fend pas », d'après le *Dictionnaire* de Richelet (1679).

Page 79.

1. Antoine Arnauld, dit le Grand Arnauld, né en 1612, frère de la Mère Angélique, abbesse et réformatrice de Port-Royal, était le principal champion de la cause janséniste. Il fut au centre de la querelle théologique sur la grâce, en Sorbonne, où il reçut le renfort des *Provinciales* de Pascal. Condamné à Rome, exclu de la Sorbonne en 1656, il se retira à Port-Royal. Quand la persécution contre le jansénisme reprit, en 1679, il s'exila en Flandre, puis en Hollande, et mourut à Bruxelles en 1694. Racine, après sa conversion, eut à cœur de défendre sa mémoire dans l'*Abrégé de l'histoire de Port-Royal*.

Page 81.

1. Racine n'a pas vu Port-Royal détruit à proprement parler : les bâtiments ne furent rasés qu'en 1711, et Racine était mort une douzaine d'années avant cette date. Le premier vers, dont le verbe est au présent (*C'est là qu'on foule aux pieds les douceurs de la vie*), est d'ailleurs l'indice d'une vie encore actuelle du monastère au moment où le

poème fut écrit. Mais Racine, à la fin du siècle, avait pu voir cette vie assez diminuée par les persécutions pour qu'il appelle l'abbaye un *triste tombeau*, en la comparant au *séjour si beau* qu'il avait connu et dépeint dans sa jeunesse. Le *Nécrologe de Port-Royal* (1723) attribue en tout cas cette pièce à Racine, et l'exemplaire fermeté des derniers vers semble en effet porter son sceau.

CANTIQUES SPIRITUELS

HYMNES TRADUITES DU BRÉVIAIRE ROMAIN

LE PAYSAGE OU PROMENADE DE PORT-ROYAL-DES-CHAMPS

TROIS ÉPIGRAMMES

Ce volume,
le trois cent trente-cinquième
de la collection Poésie,
a été achevé d'imprimer sur les presses
de l'imprimerie Bussière à Saint-Amand (Cher),
le 27 mai 1999.
Dépôt légal : mai 1999.
Numéro d'imprimeur : 1315.
ISBN 2-07-040972-4./Imprimé en France.

90729